Mikrokosmos

Joni Järvi-Laturi

Kustantaja: BoD - Books on Demand, Helsinki, Suomi
Valmistaja: BoD - Books on Demand, Norderstedt, Saksa
ISBN: 978-952-330-761-2

Kannen kuva: Anthon Myski

EXT. TAMPERE. AAMU.

Lintuperspektiivistä näkyy kuvaa Tampereesta.
Kuvassa näkyy teitä ja rakennuksia, ihmisiä
kävelemässä. Taustalla soi hiljainen,
rauhoittava mutta mystisen kumea musiikki.
Samalla näkyvät alkutekstit.

INT. KÄYTÄVÄ. YÖ

Mies kävelee käytävällä.

EXT. RAKENNUS HERVANNASSA.YÖ

Kuvaa korkeasta rakennuksesta.

INT. KAIN ASUNTO. YÖ

Komea, laiha, feminiiniset kasvot
omaava Kai valvoo korkealla
seitsemännen kerroksen asunnossa.
Hän katsoo Avaruusseikkailu 2001-elokuvaa.

INT. DUON SUBWAY. AAMU.

Kai syö ruoka-annosta. Hän saa puhelun. Mystinen
turkkilainen Ali soittaa hänelle. Kamera kuvaa
heitä valkokankaan molemmilla puolilla. Ali
puhuu miehekkäällä, tukevalla, itsevarmalla
äänellä.

(INTERCUT WITH)

ALI
Hei miten miehelle kuuluu?

KAI
No, välillä hyvin, välillä huonosti.
Mites sulla?

ALI
Olen hyvin masentunut mutta
hyviäkin hetkiä on.

KAI
Hyvä kuulla että jotain
positiivistakin on.

ALI
Hei, jatketaan kirjoittamista.

KAI
Okei.

KAI (c'ntinued)
Jatketaan myös kirjojen
suosittelemista toisillemme.

ALI
Englanninkielisten kirjojenko?

KAI
Niin.

ALI
Sopii mulle.

KAI
Okei. Tiesitkö muuten että
haluan olla yöihminen?

ALI
Niin minäkin, mutten ole tekemisissä
ihmisten kanssa.
I suffer from social phobia.

KAI
Ai, minäkin olen ollut yksin.
Tunnen itseni typeräksi
ja sulkeutuneeksi.

ALI
Tuo ei ole totta. Olet hyvin älykäs mies.
Yksi älykkäimmistä mitä olen tavannut.
Sun täytyy näyttää maailmalle
että olet kaikista älykkäin.

KAI
Okei, niin täytyykin.
Mutta se on vaikeaa.
Tosi vaikeaa.

INT. KAIN ASUNTO. YÖ

Kai kirjoittaa ilmoitusta internetiin.

KAIN ÄÄNI
Etsin älyllisiä, ujoja, asiallisia, rauhallisia,
sivistyneitä, syrjäytyneitä miehiä ystävikseni.

INT. KAHVILA. PÄIVÄ.

Katja, Tanja ja Jenny puhuvat toisilleen päivällä kadulla ja
kahvilassa. Heillä ovat iloisia, pirteitä ja sosiaalisia.

KATJA
Kuulitko mitä Kaille tapahtui?

TANJA
Joo tuli hulluksi ja syrjäytyi.

JENNY
Ei enää uskalla lähestyä
ihmisiä tai ketään.

KATJA
Mua vähän säälittää hänen puolestaan.

JENNY
Niin muakin, en haluaisi ikinä lähestyä
häntä, enää ikinä.

TANJA
En minäkään.
Enimmäkseen välttelen häntä.

KATJA
Sähän olit sen frendi joskus.

TANJA
Niin olinkin.
Enkä ole enää,
enkä enää haluakaan.

JENNY
Sitä ihmistä pitäisi karttaa.

KATJA
Hän on niin ihmissaasta.
Vittu miten hän tuhosi
koko elämänsä niillä
typerillä teoillaan.

KATJA
Ei taida hän palata Käpyyn enää.
Kävyn Barcelonan matka oli
niin hieno ja hän pilasi käytöksellään
kaiken tunnelman sen jälkeen.

JENNY
No puhutaan jostain muusta.

TANJA
Puhutaan vaan.
En halua puhua hänestä enää.

INT. DUON SUBWAY

Kaksi asiallista miestä, Erkki ja Toni, tapaavat Kain.
He ovat maltillisen itsevarmoja ja rauhallisia. Toni on
laiha ja pohdiskelevan, viisaan näköinen.
Erkki on taas hiukan pontevampi ja miehekkäämpi.

TONI
Hei halusit tavata. Mä oon Toni ja hän on Erkki.

KAI
Okei. Elättekö tekin öisin?

TONI
Silloin tällöin. Olemme aina tavattavissa, 24/7.

KAI
Okei.

ERKKI
Mutta me olemme päivisin sosiaalisia.

KAI
Ai. Minä taas en jaksa tässä elämänvaiheessani.

ERKKI
Ymmärrän.

TONI
Mutta sinunkin täytyisi osallistua
yhteiseen elämään.

KAI
En ennen kuin olen saanut pari
asiaa hoidetuksi.

TONI
Okei. Mitä ne ovat?

KAI
Yöihmisten kerho ja
kirja jota kirjoitan.
Sekä myös käsittelemättömät

asiani.

TONI
Ai.

ERKKI
Joo. Ymmärrän.

TONI
Minäkin ymmärrän.

TONI (c'ntinued)
Mutta jossain vaiheessa
sinun täytyy liittyä
arkielämään.

KAI
Tiedän.

INT. KAIN ASUNTO. YÖ

Kai saa puhelun Alilta.

(INTERCUT WITH)

ALI
Mitä kuuluu?

KAI
Olen yksinäinen.

ALI
Niin minäkin. Mutta nyt ei voi mitään.

KAI
Okei.

ALI
Have you been to Tesoma?

KAI
No.

ALI
It's a war here. You know?

KAI
Yes, I've heard that there's a war there.

ALI
I've been beaten a couple of times.

KAI
Yeah, it must be hard.

ALI
It's all hell in here.

KAI
I know. Are you still
depressed?

ALI
I am so depressed
that I can't even
go anywhere,
I don't want to
do anything.

KAI
Never give up, Ali.
Never give up.
We have bad luck
here, these are hard times
for all of us gentle people.
People who are better than them.
We are more gentle than them.
We are more intelligent that those
who have hurt us.

EXT. HERVANNAN KADUT. YÖ.

Kai kävelee Erkin ja Tonin kanssa pitkin Hervannan yötä.

KAI
Olen ajatellut perustaa yöihmisten salaseuran.

TONI
Syrjäytyneillekö?

KAI
Joo.

TONI
Okei.

KAI
Hervannan Cinolan omistaja
on serkkuni.

Olen ajatellut käyttää elokuvateatteria öisin.
Tapahtuisi varmaan ihme jos saisin sen yökäyttöön.

TONI
Kannattaa yrittää silti.

ERKKI
Niin.

TONI
Miksi vietät niin paljon aikaa yksin?

KAI
Minulla on heikko identiteetti.
Kun katson ihmisiä, näen paljon
identiteettiä. Se on yksi syy miksi
olen yksin. Sillä kasvatan identieettiäni
siten.

ERKKI
Se on hyvä varata aikaa itsellesi.

TONI
Minullekin yksinolo on hyvin tärkeää.

KAI
Mutta se elokuvakerho. Kävyssä en nyt käy
sillä olen kyllästynyt siihen paikkaan.
Nyt haluan suunnitella Yöihmisten kerhoa,
siten että siitä tulee täydellinen.

TONI
Mitä aiot tehdä sen eteen?

KAI
Teettää julisteita ja käyntikortteja,
mainostaa sitä sosiaalisessa mediassa.
Levittää pikkuhiljaa sanaa.

TONI
Kuulostaa siltä että haluan mukaan.
Mutta varauksella.

ERKKI
Samaa mieltä.

TONI
Mitä teet tänä viikonloppuna?

KAI
Huomenna tapaan Annan.
Hän on Kävyn entisiä kävijöitä.
Mutta te ette tunne häntä.

INT. KAIN ASUNTO. YÖ

Kai laittaa toisen ilmoituksen internetiin.

KAIN ÄÄNI
Haetaan yöihmisten kerhoon kavereita, vain miehiä.
Tämä on kerho syrjäytetyille miehille.

EXT. KADUT. PÄIVÄ

Kai tapaa Annan kadulla,
Sokoksen edessä.

ANNA
Hei.

KAI
Hei.

ANNA
Mennäänkö Kauppahalliin?
Vai haluatko mennä Sokokselle?

KAI
Kauppahalliin.

He kävelevät kohti Kauppahallin kahvilaa.

INT. KAUPPAHALLI. PÄIVÄ.

Kai juttelee Annan kanssa Kauppahallin
kahvilassa. Anna on langanlaiha,
puhelias ja sympaattinen, lämminhenkinen
nuori nainen. Hän puhuu suloisen
maireasti, tietämättään lohduttaen
Kain yksinäisyyttä.

ANNA
Voisin lähteä Lappiin vaellukselle
tänä vuonna, muttei rahat riitä.

KAI
Niin mä muistinkin sen että sulla on
sellainen kiinnostuksen kohde

ANNA
Mulla on essentiaalinen vapina.
Se vituttaa kun se rajoittaa elämää.
Onko sulla sellainen?

KAI
Joo, on mulla.
Sun kannattais kai
mennä neurologille?

ANNA
Niin, pitäisikin.
Mikset sä mene?

KAI
Ei ole varaa.

Tauko.

KAI (c'ntinued)
Barcelonan matka oli hieno.

ANNA
Niin, tosi hieno. Muistan kun
Katja ja Jenny olivat vähän
pahalla tuulella siellä. Ja
ohjaajatkin olivat välillä.

KAI
Siitä on jo kaksi vuotta, se oli 2014.
Nyt on 2016. Aika vierii nopeasti.

Anna katsoo Kaita kiusallisesti.

ANNA
Niin, ystävystyin Jennyn ja Katjan
kanssa siellä. Me olemme matkustelleet
myöhemmin omilla rahoillamme paljon.
Käytiin viidessä eri maassa
viime vuonna.

KAI
Ai minä en ole käynyt missään,
en ystävieni kanssa myöskään.

ANNA
Taidan käydä silti Lapissa
ensi vuonna viimeistään.
Tai sitten Norjassa patikoimassa.
Hei kiitos kun autat minua.

KAI
Ei se mitään.

ANNA
Mä saan ehkä hammaslääkäriltä
pillerin joka sekoittaa pääni.
Muistathan saattaa minut
sitten jos olen sekava.

KAI
Tietenkin.

ANNA
No mitäs muuta kuuluu?

KAI
Perustin salaseuran, kirjoitan kirjaa.
Tässä on monta rautaa tulessa.

ANNA
Ai. En tiedä noista asioista.
Tämä on ensimmäinen kerta
kun tapasimme.

KAI
Niin onkin. Outoa, eikö?

ANNA
Mikä?

KAI
Se että olemme puhuneet
toisille vain minuutin
elämämme aikana.
Mutta tämä on ensimmäinen
kerta kun puhumme kasvokkain
kunnolla.

ANNA
Se on elokuvallista.

KAI
Saamme nyt nauttia Kauppahallin
tunnelmasta kaukana elämän raadollisuudesta.

ANNA
Niin, on kiva puhua
sinulle.

INT. KAIN ASUNTO. YÖ.

Kai on huoneessaan katsomassa pornokorttipakkaa
jonka osti Barcelonasta. Hän alkaa muistelemaan
Barcelonan matkaa.

KAI
Aah, Barcelona.

EXT. BARCELONAN HOSTELLIN
PARVEKE. ILTAPÄIVÄ.

Kaunis Reija istuu parvekkeella Barcelonassa.
Hän sipoo hiuksiaan.

EXT. BARCELONAN KADUT. PÄIVÄ

Koko poppoo kävelee katuja.
Kai puhuu ohjaaja Lailalle asioista.

LAILA
(rakastuneena hymyillen)
Hei.

KAI
(rakastuneena hymyillen)
Hei.

LAILA
(rakastuneena hymyillen)
Haluatko lähteä kävelylle La Ramblasiin?

KAI
(miehekkäästi sanoen)
Totta kai.

He alkavat kävelemään kohti La Ramblasia.

LAULA
(ujosti)
Kaunis päivä tänään.

KAI
(ujosti)
Niin, aurinkoisen kaunis päivä.

LAILA
(ujosti)
Katso näitä rakennuksia. Ihailen Gaudia.

KAI
(miehekkäästi)
Minä en tiedä hänestä mitään.

LAILA
Täällä on nyt osa nuorista aika vaikeassa olotilassa.

KAI
En halua kuulla siitä. Puhun liikaa täällä.

LAILA
Ai. Miten sinä jakselet?

KAI
Hyvin. Tämä matka on loistava.
Aivan mahtava.

LAILA
Sinä olet saanut ystävän täällä.

KAI
Niin. Sanotaan että jokaisella on
1-2 tosiystävää maailmassa.

LAILA
Tuo on hyvin totta.

He päätyvät La Ramblasiin. Laila antaa
hänelle huivinsa matkamuistoksi.

LAILA
Hei. Tässä.

KAI
Ai.

LAILA
Ihan vain tämän laulun takia.

KAI
Joo.

Take My Breath Away soi La Ramblasin kaduilla taustalla.
Laila hymyilee Kaille kauniilla tavalla.

INT. KAIN ASUNTO. YÖ.

Kain on yhä dvd-elokuvahuoneessaan hyllyjen
ollessa täynnä leffoja.

Kai haistaa huivia jonka sai Barcelonasta.

KAI
Elämäni rakkaus. Kaikin
puolin elegantti nainen.
Enpä tiennyt että sen jälkeen
kokisin helvetin.

EXT. HERVANNAN KADUT. YÖ

Kai menee yössä kävelylle. Neljä miestä, Pasi, Simo,
Ilkka ja Petri huomaavat hänet ja liittyvät hänen seuraansa.

ILKKA
Hei me nähtiin ilmoituksesi netissä.
Haluamme mukaan.

SIMO
Meillä on ongelmia.
Haluamme jotain sisältöä elämään.

He päätyvät elokuvateatteriin jossa he alkavat
katsomaan nykyaikaisia yhteiskunnallisesti valveutuneita
dokumentteja sekä film noir-klassikoita. Yö vierii
nopeasti eteenpäin. Pian he alkavat pelaamaan tammia ja korttia.

INT. PROJEKTORIHUONE. YÖ

KAI
Haluan perustaa anarkistisen, leikkausten ja
koventuneen ilmapiirin vastaisen liikkeen.

TONI
Mikä sen nimi olisi?

KAI
Yöihmiset.

ILKKA
Mikä tässä olisi se pointti?

KAI
Kannustaa ihmisiä elämään ilman johtajia.
Valtarakenteiden vastainen liike.

ILKKA
Ai.

TONI
Kuulostaa todella mielenkiintoiselta.

ERKKI
Voisin silloin tällöin osallistua.

KAI
Tämä olisi miesten oma ryhmä,
omilla säännöillämme.

ILKKA
Etkö huomaa sitä että meillä
on asiat aika hyvin täällä Suomessa?
Meillä on kaikki mukavuudet ja
myös mahdollisuuksia mihin vaan.

KAI
Huomaan sen, huomaan sen erittäin hyvin.
Mutta meidän yhteiskuntamme on sairas
ihan samalla tavalla kuin kaikki muutkin
länsimaiset yhteiskunnat.

ILKKA
Etkö huomaa sitä että se on elämää,
ja elämä on perusluonteeltaan
julmaa ja siivotonta?

KAI
Tuo on hyvä pointti.
Mutta aina täytyy löytää kultainen keskitie.

ILKKA
Ymmärrän.

INT. KOKOUSHUONE. YÖ

Huoneessa on Kai, Toni, Erkki, Ilkka, Pasi, Simo ja Petri.

KAI
Julistan Yöihmisten ensimmäisen kokouksen
alkaneeksi. Asialistalla on eri kohtia.
Ensimmäisenä on kerhon säännöt.
Ensimmäinen sääntö. Ketään ei saa satuttaa henkisesti tai fyysisesti.
Toinen sääntö. Tänne ei saa tulla päihtyneenä.
Kolmas sääntö. Kerhon asioista ei puhuta ulkopuolisille.

KAI (c'ntinued)
Keksittekö muita sääntöjä?

SIMO
Kerhoon ei päästetä sivistymättömiä ihmisiä
tai väkivaltaisia ihmisiä.

KAI
Sellaisiahan riittää Tampereella
ja Suomessa muutenkin.

SIMO
Niin, koko elämäni joutunut
kärsimään niistä.

KAI
Niin minäkin.

SIMO
Koko elämäni joutunut
kärsimään vaikken
mitään pahaa ole tehnyt.

KAI
Ja ne jotka ovat väkivaltaisia
sieluja nauttivat kaikkien kunnioituksesta.
Ihmiset rakastavat valtaa ja tyyliä.
Ei mitään muuta.

SIMO
Miten ironista?

KAI
Entä keksittekö muita sääntöjä?

Hiljainen tauko.

SIMO
Emme näköjään.

KAI
Okei. Seuraavaksi seuraavan
viikon teema. Laittakaa
sanaa kiertämää kerhon
agendasta. Kirjoitan pamflettia
ihmisyyden pimeistä puolista.
Tämä kerho on kosto Tampereelle.

TONI
Millainen kosto?

KAI
Viattomuuden.

EXT. HAKAMETSÄN JÄÄHALLI. AAMUPÄIVÄ.

Tyhjyyttä täynnä oleva maisema.

INT. HAKAMETSÄN JÄÄHALLI. AAMUPÄIVÄ.

Kai istuu jäähallin melkeinpä tyhjässä katsomossa.
Kamera kuvaa ensin häntä kaukaa
ja zoomaa sitten lähelle
häntä tuijottamassa tyhjyyteen.
Kravattipukuinen mies
jolla on hattu on kahdenkymmenen
metrin päässä, tulee lähemmäs
häntä tapaamaan.
Hän on itsevarma, komea mies
nimeltään Timo Warkaus.

TIMO WARKAUS
Hei, sinä olet Kai.

KAI
Kyllä.

TIMO WARKAUS
En ole nähnyt sinua pitkään aikaan.
Olen joskus nähnyt sinut kaupungilla.

KAI
Niin.

TIMO WARKAUS
Perustit yöihmisten kerhon.

KAI
Niin.

KAI (c'ntinued)
Kuka sinä olet?

TIMO WARKAUS
Olen Timo Warkaus.
Tiedän ryhmästäsi.
Tiedän suunnitelmastasi.

KAI
Ai.

TIMO WARKAUS
Minulla on yllätys sinulle.

KAI
Millainen?

TIMO WARKAUS
Aion liittyä ryhmääsi, jossain vaiheessa.
Tai sitten olla sen ulkopuolella,
jollain lailla tehdä asioita.

KAI
Me tarvitsemme ulkopuolisenkin.
Lähettämään viestiä muille.

KAI (c'ntinued)
Mistä muuten tiesit että
olin perustanut sen ryhmän?

TIMO WARKAUS (itsevarmasti)
Minä tiedän oikeastaan
kaiken mitä Tampereella tapahtuu.
Puhumattakaan Hervannasta.

KAI
Mutta elät öisin, elät yksin?

TIMO WARKAUS (itsevarmasti)
Kyllä, yksinäisten ja syrjäytyneiden
verkostossa, kiertäen sitä.

INT. PSYKOTERAPEUTIN HUONE. ILTAPÄIVÄ.

Kai on kauniin, tuiman 45-vuotian
naisterapeutin puheilla.

TERAPEUTTI
Miten ihmiset ovat kohdelleet sinua?

KAI
Ei kovin hyvin, hyviäkin hetkiä on ollut.
Mutta kaikki on romahtanut.
Yritän toipua.

TERAPEUTTI
Valvotko öisin?

KAI
Kyllä. Joka yö.

TERAPEUTTI
Voi luoja.

TERAPEUTTI
Sinusta pitäisi olla huolissaan. Liikut ohuella langalla.

KAI
En ole täysin samaa mieltä.

TERAPEUTTI
Sä et ota vastuuta elämästäsi.

KAI
Elämä on nyt julmaa ja petollista.
En halua nyt osallistua siihen.

TERAPEUTTI
Mitä aiot sitten tehdä?

KAI
Olen perustanut yöihmisten kerhon.

TERAPEUTTI
Miksi haluat perustaa sellaisen kerhon?

KAI
Koska olen intohimoinen sen suhteen,
haluan luoda jotain uutta.

TERAPEUTTI
Tuo on halveksuttavaa,
en suosittele tuota ollenkaan.

KAI
Koska se on yhteiskunnan vastaistako?

TERAPEUTTI
Ei, ei siksi. Vaan että se on epäterveellistä.

KAI
Kuka määrittää terveellisyyden
ja epäterveellisyyden?

TERAPEUTTI
Se on minun mielipiteeni.
Olen terveyden asiantuntija.

KAI
Niin, se on sinun mielipiteesi.

TERAPEUTTI
Lopeta tuo. Sinun pitäisi

ottaa vastuuta itsestäsi.
Ryhdistäydy mies.

KAI
En ole mies. Aion pukeutua naiseksi.

TERAPEUTTI
Miksi?

KAI
Koska se on vapauttavaa.

TERAPEUTTI
Sinun täytyy totella mua.
Älä eksy kaidalle polulle.

KAI
Et sinä voi komennella minua.
Minulla on suunnitelma.
Aika lukuisiakin.

EXT. KADUT. ILTAPÄIVÄ

Psykoterapeutti katsoo korkealta ikkunastaan tuimasti
alas Kaita joka kulkee jalkakäytävää pitkin.

EXT. KAIN ASUNNON VESSA. ILTA.

Maija Vilkkumaan Satumaa-tangon soidessa
Kai meikkaa ja pukeutuu viattomana naiseksi
ja laittaa intiaanimaalauksen kasvoihinsa. Hän
samalla laulaa kyseistä kappaletta vessassa
mutta se ei kuulu kohtauksessa.

EXT. ELOKUVATEATTERIN HUONE. YÖ

Kai tapaa muut miehet Hervannan elokuvateatterin
huoneessa.

ERKKI
Hei, olet pukeutunut naiseksi.

KAI
Niin, koska olen pomo.

TONI
Niin tietenkin.

PASI
Minä hoidan elokuvien esittämisen.

SIMO
Minä taas hoidan elokuvien
valitsemisen.

TONI
Dokumenttejako?

SIMO
Niin olen ajatellut.

KAI
Kuulkaa kaikki kun sanon tämän.
Tämä on hellien miesten kerho, hellien,
yksinäisten miesten kerho jotka ovat liian helliä
sopeutuakseen yhteiskuntaan, tai liian herkkiä,
tai liian hyviä sopeutuakseen siihen.

KAI
Liian herkkiä ja helliä ollakseen osa nuoruutta.

ERKKI
Liian sivistyneitä ollakseen osa juhlimista.

KAI
Ei kuitenkaan aina. Osa sivistynyttä juhlimista.

TONI
Aggressiivisten ihmisten vastakohdat.

KAI
Teissä on outoa itsevarmaa energiaa,
Erkki ja Toni.

ERKKI
Sinussa on taas pehmeää
feminiinistä energiaa.

KAI
Niin, niin kai.

ERKKI
Ihan oikeasti. Olet kuin
kaikkien asioiden näkijä.
Itse elämän virta.

KAI
Haluan katsoa elokuvan tänä iltana.

ERKKI
Minkä elokuvan?

KAI
Noam Chomskyn Requiem
for the American Dream.

TONI
Se onkin kiinnostava elokuva.

ERKKI
Mielenkiintoinen.

KAI
Laitoitteko sanaa kiertämään
kerhon agendasta?

TONI
Laitoimme mutta kaikki jäi
vähän epäselväksi. Mitä ajat
tällä takaa, tällä kerholla?

KAI
Haluan painottaa inhimillisyyttä
tehokkuuden sijaan, sivistyneisyyttä
asenteellisen kusipäisyyden sijaan,
hellyyttä rationaalisen kylmyyden
sijaan. Tämän kaiken takia tämä
maailma on tällainen, surkea
surullinen paikka.

TONI
Nyt ymmärrän.

ERKKI
Nyt kävi selväksi.
Olen mukana.

INT. KÄYTÄVÄ. YÖ.

Kai kävelee koomisen itsevarmasti naiseksi pukeutuneena
kerrostalon käytävää palaten asuuntonsa Satumaa-tangon
kertosäkeen soidessa taustalla.

INT. KELLARIN MAKUUHUONE. ILTA.

Timo Warkaus nukahtaa kellarissaan
ja alkaa näkemään unta 1990-luvun
lapsuudesta.

CUT TO:

Haalistuneessa kuvassa Timo on
pelaamassa jalkapalloa. Hänellä on
Dino Baggion kaltaiset hiukset.

Sitten hän katsoo vuoden 1994 jalkapallon
mm-kisoja.

Sitten hän pelaa vanhoja Segan
videopelejä kuten Sonic the Hedgehog
naapuruston poikien kanssa.

Sitten hän katsoo Jyrki-ohjelman lähetystä.

Ja reissaa ala-asteen porukan kanssa
kohti Lappia. He ovat menossa bussiin
kun isät ja äidit hyvästelevät heidät.
Ja bussin kulkiessa radiosta soi
Eiffel 69:n Blue-kappale. He
puhuvat kovaäänisesti laulun
soidessa.

INT. ELOKUVATEATTERI. YÖ.

Porukka valvoo ensimmäistä kertaa elokuvateatterissa.
Kai istuu pettyneenä elokuvateatterissa.
Pasi on internetissä kannettavan tietokoneen
kautta.

KAI
Soita se minulle.

PASI
Mikä?

KAI
Take My Breath Away.
Kai sinä osaat sen?

PASI
Miksi?

KAI
Minun ja Lailan muistolle.

PASI
Sinun ja Lailan?

KAI

Se soi Barcelonassa.

PASI
Ai.

Pasi alkaa soittamaan Take My Breath
Away'ta YouTuben kautta.

KAI
Kaikista maailman ajoista
minun täytyi sairastua juuri silloin.

PASI
Tiedän. Oletko käsitellyt asioitasi?

KAI
En ole vielä. Olen aloittamassa.
Tunnen itseni edelleen idiootiksi.

PASI
Et ole idiootti. Et vain uskalla
puhua ihmisille. Kirjoitat kuin
nero. Muista se.

KAI
Kiitos.

PASI
Olen aina apunasi.
Tämä on tärkeä kerho.

KAI
Kiitos.

EXT. TESOMAN KADUT. ILTA.

Kolme nuorta miestä kulkevat
pitkin Tesoman iltaisia katuja.
Heillä on mukanaan aggressiivinen,
ylimielinen nainen

MIES 1
Kai yritti iskeä sinua
mitä säälittävimmällä tavalla.

MARIA
Tiedän, mikä idiootti ja ääliö.

MIES 2
Vittu mä vihaan häntä.

MARIA
Halveksun häntä.
Hän varmaan häpeää tekoaan.
Pidin huolta siitä että
häntä sattuu ja pitkään.
Mun kaltaisten naisten
kanssa ei pelleillä.

MIES 2
Ota spray-kannu esiin.

MIES 1 ottaa spray-kannun esiin.

MARIA
Hän ei ymmärrä
sitä että julmuus on osa
elämää. Hän satutti minua
vaikka piti minua hyvänä
ja valehteli itselleen
rakastavansa minua.
Hän luuli olevansa niin hellä.
Ajattelin että mitä vittua?

MIES 2
Vittu mikä ääliö.
Tekis mieli tehdä jotain hänelle.
Jotain pahaa.

He maalaavat spray-kannulla
aitaan tekstin: KAI ON
ON TEHNYT ITSESTÄÄN PELLEN.

EXT. HYLÄTTY PIENI TALO. AAMU.

Kuvassa näkyy metsää ja hylätty talo.

INT. KELLARI. AAMU.

Timo Warkaus kirjoittaa tyylikkäästi
ja sulavasti tietokoneella keskustelupalstoille.
Hänellä on kolme tietokonetta kellarissaan
sekä laulujen nauhoittamisvälineet.

KAI
Hei, Timo.

TIMO WARKAUS
Hei, Kai.

KAI
Mitä miehelle kuuluu?

TIMO WARKAUS
Erittäin hyvää.
Tää kellari on täynnä intohimoja
järkevää tekemistä.
Entä sulle?

KAI
Paljon parempaa nyt kun olen
perustanut kerhoni.

TIMO WARKAUS
Aiotko palata vielä arkielämään?

KAI
En ainakaan vielä.

TIMO WARKAUS
Mitä asiaa sinulla oli?

KAI
Sitä että haluatko liittyä ryhmääni?

TIMO WARKAUS
En halua. En ainakaan vielä.

KAI
Okei. Aiotko ikinä?

TIMO WARKAUS
En varmaan.

KAI
Okei. Onko sinulla kaikki hyvin?

TIMO WARKAUS
Ei täysin. Minullakin on heikkouteni.
Nimittäin naisten viha ja luottamuksen
rikkoutuminen on jotain kauheaa mikä
saa sydämen särkymään.

KAI
Se on kauheaa. Inhottavaa.

TIMO WARKAUS
Ja miksi ihmiset näyttävät
meille vain huonoimmat kasvonsa.

KAI
Sellaisia ihmiset ovat. Julmia.

TIMO WARKAUS
No en halua valittaa enää.
Enää enempää.

KAI
En minäkään halua aina valittaa.
Vaikka tykkään ruikuttaa paljon.

TIMO WARKAUS
Niin, niin.

INT. KAIN DVD-HUONE. YÖ.

Kai on dvd-huoneessa taas,
hän muistelee taas Barcelonan matkaa.
Hän katsoo korttipakkaa Barcelonasta.

EXT. BARCELONAN KADUT. ILTA.

Barcelonassa on meneillään myöhäisilta
romanttisessa meiningissään. Jotkut nuorista
kävelevät pitkin Barcelonan katuja ja
he ovat täynnä elinvoimaa ja nuoruutta.
Kai on hostellin huoneessa lukemassa
espanjankielistä runoutta, Nerudaa.
Kai on ujo naisten tullessa huoneeseen.

INT. BARCELONAN HOSTELLI. ILTA.

MARIA
Mitä sä luet?

KAI
Nerudan runoutta.

MARIA
Taidat olla romanttinen mies.

KAI
Niin olenkin, romantikko.

SILJA
Hei, entäs jos lähdettäisiin
ulos kävelylle?

                    KAI
          Sopii mulle. Odottakaa
          viisi minuuttia. Pukeudun ensin.

          Kai menee kylpyhuoneeseen
      pesemään hampaansa. Hän on puolialaston,
      hänen ylävartalonsa näkyy ja hänellä on
          pyyhe alavartalonsa yllä.

      EXT. BARCELONAN KADUT. ILTA

          Kai, Maria ja Silja kävelevät
          pitkin Barcelonan katuja.

                    KAI
          Mitä te haluatte tehdä?

                    MARIA
          Tehdään jotain ei-nössömäistä.

                    KAI
          Kuten mitä?

                    MARIA
          Mennään vaellukselle kohti
                  vuoria.

                    KAI
          Ei se ole sallittua täällä.

                    MARIA
          On se, on se. Vakuutan

                    KAI
                  Okei.

                    MARIA
          Hei, tuossa on baari!
          Mennään sisälle.

                    KAI
          Sopii minulle.
          Sopiiko sinulle, Silja?

                    SILJA
          Tietenkin.

INT. BARCELONAN BAARI. ILTA.

MARIA
Mä olen ajatellut ostaa aseen.

KAI
Ai, aseen. Kiehtovaa.

MARIA
Mikä on suhteesi aseisiin?

KAI
Pasifistisen jänishousuinen.

Maria ja Silja nauravat.

SILJA
En minäkään pidä aseista.

MARIA
Entä mikä, Kai, on
suhteesi naisiin?

KAI
Pasifistisen jänishousuinen.

Maria ja Silja nauravat kovaa.

MARIA
Juodaan meidät kauniiksi.

SILJA
Kippis.

Silja, Maria ja Kai nauravat ja
alkavat viettämään iltaa.

EXT. HAKAMETSÄN JÄÄHALLIN PARKKIPAIKKA. YÖ.

Parkkipaikalla seisoo vain yksi auto.

INT. PARKKIPAIKAN AUTO. YÖ.

Parkkipaikan autossa ovat Kai
ja Timo Warkaus.

KAI
Kuinka paljon tämä auto maksoi?

TIMO WARKAUS
Viisi tonnia.

KAI
Ei paha.

TIMO WARKAUS
Pidän välimallin autoista.

KAI
Mitä sinun piti kertoa minulle?

TIMO WARKAUS
Että haluan liittyä ryhmääsi.

KAI
Hienoa. Sen halusinkin kuulla.

TIMO WARKAUS
Täällä on pahoja voimia,
täällä Tampereella.

KAI
Niin onkin. Tampere on
se syy miksi olen ateisti,
miksen usko jumalaan.
Tamperelaiset. Nimittäin.

TIMO WARKAUS
Miten tällaisessa hyvinvoinnissa
ihmiset silti ovat niin hukassa.
Satojatuhansia.

KAI
Ei se johdu pelkästään lamasta.
Se johtuu vain tästä kulttuurista,
tästä maailmasta.

TIMO WARKAUS
Mutta olihan ennenkin ihmiset
hukassa.

KAI
Mutta eri tavalla. Se on inhimillistä
olla hukassa.

Tauko.

TIMO WARKAUS
Hei mennään jäähalliin.
Mulla on avaimet sinne.

KAI
Miksi?

TIMO WARKAUS
Mä haluan muistella mennyttä.

KAI
Miksi?

TIMO WARKAUS
Koska musta tuntuu siltä.

CUT TO:

INT. HAKAMETSÄN JÄÄHALLIN PUKUHUONE. YÖ

He istuvat molemmat pukuhuoneen penkillä.

TIMO WARKAUS
Ennen mä täällä olin kun pelasin
lapsena jääkiekkoa 1990-luvulla. En enää.

KAI
Kiehtovaa.

TIMO WARKAUS
Perkele kun se oli hienoa aikaa.

KAI
Miten päiväsi kuluvat?

TIMO WARKAUS
Valvon syrjässä olevien etuja.
Valvon erakkojen etuja.
Olen kaikkien syrjässäolevien
ja köyhien oma edunvalvoja.

KAI
Minun täytyy miettiä vuotta
2014. Aion ajatella sitä
mikä siinä meni pieleen?
Miksi sairastuin niin vakavasti?

TIMO WARKAUS
Aiotko palata Käpyyn?

KAI
Mahdollisesti.

TIMO WARKAUS
Milloin?

KAI
Vappuna. Silloin kun kesä on
alkamassa.

TIMO WARKAUS
Okei. Se on ihanteellinen
aika palata Käpyyn.

KAI
Olen helvetin onnellinen kesäisin.

TIMO WARKAUS
Niin minäkin yleensä.

Tauko.

TIMO WARKAUS (c'ntinued)
Aiot siis ajatella vuotta 2014.

KAI
Joo.

TIMO WARKAUS
Missä aiot tehdä niin?

KAI
Elokuvateatterissa kerhon
jäsenien kanssa.

TIMO WARKAUS
Mitä vastustat Kävyssä niin paljon?

KAI
Nuorten julmuutta minua kohtaan.
Mä vannon että jos mua ens kesänä
kohdellaan siellä kuin alinta paskaa
niin mä en mene sinne sen jälkeen
enää ollenkaan.

TIMO WARKAUS
Eli sinne kusetukseen ja pilkkaan
päädyt takaisin.

KAI
Niin. Mä olen aina se jota kiusataan
siellä. Aina. Nykyään mä en saa enää
edes olla olemassa siellä. Siellä on aika joku
mulkku tai pari mulkkua jotka
kiusaavat ja kohtelevat kuin paskaa.

TIMO WARKAUS
Se on valitettavaa.

KAI
Kunpa joku edes huomaisi sen
miten paljon minua kiusataan siellä.

TIMO WARKAUS
Miten niin?

KAI
Se on niin tämä asia että
minä en saa olla yksikseni,
suunnitella elämääni,
olla kaikkien tavoitettavissa.
Ja kun haluan tehdä näin
niin, sitten minua syytetään
siitä.

TIMO WARKAUS
Mitä muuta?
Mikä muu kaivertaa
mieltäsi?

KAI
Seksistähän tässä kaikessa
on kyse. Seksistä ja tyylistä,
elämän sisällöstä ja tyylistä.
Jos ei omaa tyyliä, joutuu
selittelemään, nöyrtymään
kaikkien edessä.

Kai ja Timo tuijottavat
toisiaan pitkään.

TIMO WARKAUS
Seksistä?

KAI
Ei nyt täysin tietenkään.
Mutta kutakuinkin noin.
Ne joilla on seksielämää
tai sosiaalista elämää,

sosiaalista silmää paljon,
tahdonvoimaa paljon,
heidän ei tarvitse selitellä
kellekään mistään.

TIMO WARKAUS
Sinullahan on sosiaalista elämää.

KAI
Ei ole niin paljon. Mutta
ei sillä ole nyt väliä.

TIMO WARKAUS
Entäs se Yöihmisten kerho
jonka perustit?

KAI
Huomenna on taas sen kokous.
Huomenna yöllä.

TIMO WARKAUS
Onnea siihen.

KAI
Kiitos.

KAI (c'ntinued)
Aion nyt lähteä täältä pois.
Aiotko jäädä tänne?

TIMO WARKAUS
Aion nukkua täällä.

KAI
Okei.

Kai lähtee pois.

Timo Warkaus alkaa nukkumaan.
Hän alkaa näkemään unta 1990-luvun
lapsuudesta.

EXT. JÄÄKIEKKORINKI. YÖ. 1995

Timon unessa Timo kulkee lapsena
jääkiekkoringin ulkopuolella.
Maisema on pimeä ja Timo osallistuu
jääkiekkomatsiin.

EXT. PYYNIKIN JÄÄKIEKKOKENTTÄ. ILTA. 1995

Nostalgisen talvisessa kuvassa tytöt
ja pojat luistelevat yhdessä ja Timo liittyy
seuraan.

INT. ASUNTO. YÖ. 1996.

Haalistuneessa kuvassa serkun asunnossa Timo katsoo
Ace Venturan kohtausta jossa Jim Carrey pelleilee
sarvikuonon sisällä. Timo katsoo elokuvaa ujona ja
hiljaisena. Serkun perhe nauraa tuolle kohtaukselle.

EXT. TULLINTORI. ILTA.

Psykoterapian toimiston rakennus näkyy kuvassa.

INT. TERAPEUTIN HUONE. ILTA

Timo on taas naisterapeutin
sessiossa mukana.

TERAPEUTTI
Oletko ottanut lääkkeesi?

KAI
Olen. Ja ne auttavatkin.

TERAPEUTTI
Entä kuntoutus?

KAI
Sitä ei ole.

TERAPEUTTI
Etkö haluaisi?

KAI
En tällä hetkellä.

TERAPEUTTI
Okei. Miten Yöihmisten kerho
edistyy?

KAI
Kyllä se siinä edistyy.

TERAPEUTTI
Miksi perustit sen kerhon?

KAI
Perustin sen koska haluan
rauhassa vaikuttaa maailmaan
ja harrastaa miesten kanssa
asioista.

TERAPEUTTI
Minulla on yksi kysymys.

KAI
No mikä?

TERAPEUTTI
Otatteko naisjäseniä mukaan kerhoonne?
Minä nimittäin haluaisin mukaan.

INT. ELOKUVATEATTERI. YÖ.

Asiallinen silmälasipäinen Ilkka
istuu Kain vierellä elokuvateatterin
projektorihuoneessa.

ILKKA
Mitä tapahtui vuonna 2011?

KAI
Olimme Berliinissä.

ILKKA
Mitä tapahtui Berliinissä?

KAI
Olimme kadunkulmalla
ja sitten koin oudon ilmestyksen.

ILKKA
Millaisen ilmestyksen?

KAI
Koin koko maailman
painon iskeytyvän tajuntaani.

ILKKA
Ne asiat joita olet
kokenut sairaalassa?

KAI
Kyllä, kaikki vanhat
traumani. Ne ovat aina
minussa

ILKKA
Oletko onnellinen?

KAI
Olen.

ILKKA
Miksi sitten et halua palata
takaisin?

KAI
Se paino, se kauhu.
Kuin koko maailma
syyttäisi minua kaikesta.

ILKKA
Niin, maailma.
Se on paskaa.

KAI
Mutta kai sitä täytyy
vain sietää, sitä että
kaikki tulee minun harteilleni.

ILKKA
Olet tabu.

KAI
Mutta toisaalta kaikkeen on kai syy.
Tosin jos ystävältäni Alilta kysyttäisiin,
kaikki on merkityksetöntä. En usko
itse jumalaan.

ILKKA
Tunnetko sen Marian?
Mitä hänelle kuuluu?

KAI
Aah, Maria. Hän uskoo jumalaan
vaikka elää kuin saatana.
Hän on niin ylimielinen ja tekopyhä.
En tosin tiedä millainen hän nykyään on.
Mutta täysin vastuuton ihminen
persoonaltaan. Kuin täynnä vihaa
ja kusipäisyyttä. Valehtelee jatkuvasti.
Ehkä hän on narsisti ja minä hänen
uhrinsa.

ILKKA
Minustakin hän on ylimielinen.
Inhottava tyyppi.

KAI
Mutta on hänessä hyviäkin puolia kai.
Mutta ne ovat piilossa kaikki.

INT. KAIN ASUNTO. ILTA

CMX:n Pelon enkeli soi taustalla.
Kai katsoo Tampereen karttaa joka on
hänen keittiönsä pöydällään.
Hän katsoo sitä
lumoutuneen hulluna.
Kuva zoomaa hänen
katsomaan hänen
kasvojaan.
Sitten kuva zoomaa karttaan.
Siinä näkyvät naishahmot
kävelemässä pitkin
Tampereen katuja.

INT. KAIN ASUNTO. YÖ.

Kai on nukkumassa.
Mystinen musiikki alkaa
soimaan taustalla.

EXT. HERVANTA UNESSA. YÖ.

Kai näkee unta siitä että Hervannassa
on suuri monimutkaisen vaikuttava
rakennus joka on samantyyppinen
kuin Avaruusseikkailu 2001:n
avaruusalus. Se on valkoinen ja sillä on
puhdas, valkoinen sisus.
Sen sisällä yksinäiset miehet katsovat
elokuvia ja pelaavat tennistä ja squashia,
shakkia ja tammia. Mystisen musiikin
soidessa taustalla. Avaruusalusmaisen
rakennuksen nimi on Mikrokosmos,
logo näkyy siihen kaiverrettuna.

INT. MIKROKOSMOS. YÖ.

Mikrokosmoksen sisällä on sellaista
kuin Kai kuvaa sitä.

KAIN ÄÄNI

Mikrokosmoksessa olisi eri osastoja.
Eri osastojen sisällä eri alaosastoja.
Alaosastojen sisällä eri alaosastoja.

Kaikissa on miehiä tekemässä asioita,
kirjoittamassa raportteja, keräämässä
faktoja, pelaamassa squashia, tammia,
shakkia, katselemassa elokuvia, lukemassa
kirjoja.

Kai tapaa kaksi naista jotka
haastattelevat häntä Mikrokosmoksen
perustamisesta. He istuvat valkoisilla
tuoleilla. Kai puhuu heille asiallisen
itsevarmasti. Naisilla on yllään
jakkupuvut ja heidän säärensä näkyvät
seksikkäästi hameiden alta.

NAINEN 1
Tämä Mikrokosmos. Miksi perustit sen?

KAI
Se oli suuri visioni, halusin tehdä jotain
radikaalia. Sellaista mitä Tampereelta
ja Suomesta ja maailmasta puuttuu.

NAINEN 2
Mitä haluat saavuttavan
tällä hankkeella?

KAI
Haluan lähettää viestin yhteiskuntaan.
Viesti joka kertoo siitä miten yhteiskunnassa
kaikille ei jää tilaa, jotkut syrjäytetään.
Tietenkin paljon on itsestä kiinni myös.
Mutta haluan tehdä Mikrokosmoksesta
salaisen nähtävyyden jota ihmiset ihailevat
kaukaa.

NAINEN 1
Mikset huoli naisia Mikrokosmokseen?

KAI
No aika näyttää senkin. Mutta Yöihmisten
kerho on pääasiassa miehille. Ehkä aika
näyttää sen onko sitä tarkoitettu myös
yksinäisille, syrjäytetyille naisille.

INT. ASUNTO. ILTA.

Jenny, Tanja ja Katja ovat bileissä viettämässä
iltaa. Sisälle tulee Maria, määrätietoisena.
I'm So Excited soi taustalla.

MARIA
Hei!

JENNY
Hei.

KATJA
Hei.

MARIA
(raivokkaan määrätietoisesti)
Miten on juhlat sujuneet?

KATJA
Hyvin.

JENNY
Hyvin.

KATJA
Muistatko Kain?
Hän on perustanut
Yöihmisten kerhon.

MARIA
(raivokkaan määrätietoisesti)
Ai onko vai?
Vittuako kiinnostaa.

JENNY
Maria?

MARIA
Tule Katja mukaani.

KATJA
Okei.

Maria lähtee pois vessaan pyytäen
Katjaa tulemaan mukaan.

CUT TO:

INT. VESSA. ILTA.

Katja ja Maria ovat vessassa.

MARIA
Mun täytyi mennä tänne
ettei kukaan tiedä tästä.

KATJA
Miksi kutsuit minut tänne.

MARIA
Minulla on tosi kiehtova
salaisuus jaettavana sinulle.
Tosi kiehtova.

KATJA
Millainen?

MARIA
Aion tappaa Kain.

KATJA
Miksi ihmeessä?

MARIA
Koska hän on inhottava
tyyppi. Halveksun häntä.

Tauko jonka aikana
Katjan kasvoja kuvataan.

KATJA
Aiotko oikeasti tappaa Kain?

30 sekunnin hiljaisuus
jonka aikana kuva tuijottaa
Marian kasvoja.

MARIA
...Kyllä...kyllä aion.

KATJA
Miksi? Ei hän sinulle ole
tehnyt mitään pahaa.

MARIA
Minun tahtoni on lakini.

KATJA
Eikö tuo ole todella

julmaa ja ennakkoluuloista?

MARIA
Elämä on.

EXT. DUON KATTO. YÖ

Yöihmisten kerhon jäsenet tuijottavat
tähtitaivasta katolta maaten.

KAI
Mä oon aina miettinyt
onko olemassa jumalaa.

TONI
Mihin lopputulokseen olet päätynyt?

KAI
Ettei sitä ole olemassa.

TONI
Samaa mieltä olen minäkin.

KAI
Todellisuus on niin kauhistuttava
etten usko jumalaan.

TONI
Se on totta.

KAI
Meidät vain viedään, myydään
ja ostetaan tässä maailmassa.
Ainakin monet meistä.

ERKKI
Pitää kestää elämää,
olla kova.

KAI
Niin. Olen ajatellut
meneväni iltalukioon
syksyllä.

TONI
Ja palaat sitten Käpyyn
tulevaisuudessa?

KAI
Kyllä, luultavasti.

Tykkään käydä siellä kesäisin.
Talvet kirjoitan, opiskelen.

KAI (c'ntinued)
Onko joku teistä
perehtynyt tähtitieteeseen?

PASI
Olen asiantuntija siinä.

KAI
Olemmekohan me
täällä maapallolla ainoita
jotka ovat olemassa, elossa
tässä maailmankaikkeudessa?

PASI
Uskon ettemme ole.

TONI
Niin minäkin.

KAI
Niin minäkin.

INT. HERVANNAN KADUT. YÖ.

Simo, Kai, Toni ja Erkki kävelevät pitkin Hervannan
katuja.

TONI
Mitä etsimme?

KAI
Lisää jäseniä.
Nelisenkymmentä miestä
ilmoitti saapuvansa paikalle.

TIMO WARKAUS
(OFF-SCREEN)
Hei, Kai.

Kai kääntyy ympäri.

Yhtäkkiä nelisenkymmentä miestä
alkaa lähestymään heitä. Heidän
puhujansa on Timo Warkaus.

TIMO WARKAUS
Heitä olisi tässä nelisenkymmentä.

Nämä miehet taitavat olla niitä joita etsit.

Kai ja muut jäsenet
katselevat miesporukkaa.

KAI
Liitytkö sinä, Timo,
meidän ryhmäämme?

TIMO WARKAUS
Ei, minulla on muuta tekemistä.

KAI
Kuten mitä?

TIMO WARKAUS
Laittaa ihmisiä opiskelemaan,
heitä jotka sitä haluavat.

Pieni tauko.

KAI
Nyt alkaa työnteko.

INT. ELOKUVATEATTERI. YÖ.

Kai puhuu mikrofoniin
täydelle elokuvasalilliselle
ryhmän jäseniä.

KAI
Rakkaat Yöihmiset.
Meidän yhteiskuntamme
sosiaaliset rakenteet
ovat sairaita.
Suomi, jos suomalaisia
arvioidaan tekojensa,
ja sanojensa perusteella,
perustuu eriarvoisuuteen,
suvaitsemattomuuteen
suvaitsevaisuuden valepuvussa.
Liian montaa poikkeavampaa
ihmistä kohdellaan kuin karjaa.
Liian monta kertaa ihmisen
pelko joka odottaa kylmyyttä
ympäriltään, on oikeassa.
Liian monta kertaa
joudumme kuulemaan
loukkauksia niin naisilta

kuin miehiltäkin.
Liian monta kertaa tunnemme
itsemme likaisiksi jos koetamme
vietellä naisia. Mistä tämä likaisuus
johtuu? Mistä tämä johtuu, tämä
että meidän kätemme ovat likaiset,
eivätkä päiväihmisten kädet ole
likaisia?

Yleisö hurraa, huutaa miehekkäästi
ja alkaa taputtamaan.

Taputtava Toni kävelee Kain viereen.

TONI
Hyvä puhe, Kai.
Mitä aiot tehdä?

KAI
Aion näyttää tälle yhteiskunnalle
missä vika piilee, kuka minä olen.
Tehkää 20 000 flyeria joissa
paljastamme yhteiskuntaa
riivaavan syövän. Sen että
törkeimmät ihmiset täällä
saavat kaiken ja hellät,
herkät ajattelijat ja pohtijat
murskataan täällä
miten sattuu. Me emme ole
törkeitä, me emme ole sairaita.
Se on tämä yhteiskunta ja sen
voimaa ylläpitävät ihmiset jotka
ovat sairaita.

INT. ASUNTO. ILTA

Maria katselee puukoista ja aseista
koostuvaa kokoelmaansa. Hän lataa
käsiaseensa ja osoittaa sitä peiliään
kohti.

INT. HERVANNAN KUJA. YÖ.

Kai ja Simo kävelevät
Hervannan katuja.
Kepeä, rietas ja rempseä,
transvestiitti Mama,
törmää heihin.

MAMA
Hei, minun nimeni on Mama.

KAI
Okei. Hauska tutustua.

MAMA
Olemme transuja ja karhuja.

SIMO
Keitä?

MAMA
Tässä on transut.

Ryhmä transvestiitteja ilmestyy nurkan takaa.

MAMA
Ja tässä on karhut.

Ryhmä karhuja ilmestyy toisen nurkan takaa.

KAI
Mitä te edustatte? Ja miksi
haluatte tutustua.

MAMA
Haluamme liittyä teidän ryhmäänne.

KAI
Miksi?

MAMA
Koska olemme samalla aaltopituudella
kuin te. Tajuamme että tämä on jokin
uusi, suuri juttu.

EXT. PIMEÄ SUOLIJÄRVEN METSÄ. YÖ

Kai ja Toni kävelevät Suolijärven metsäpolulla yöllä.

TONI
Meidän täytyy miettiä kerhon
tulevaisuutta. Hallituksen jäsenet
eivät jaksa valvoa enää öisin,
jotkut lähtevät opiskelemaan.
Minä mukaanlukien.

                        KAI
            Minun täytyy sitten lisätä
         hallitukseen transuja ja karhuja.

                       TONI
                  Luotatko heihin?

                        KAI
              Kai sitä on pakko luottaa.
            En usko että he ovat vihollisia.

                       TONI
               Ihmisistä ei ikinä tiedä.

                        KAI
           Mutta homot ovat liittolaisiamme.
         Vaikka he olisivat oikeistopopulisteja.

                       TONI
         Onko karhuissa oikeistopopulisteja?

                        KAI
            Kyllä heissä on, olen varma siitä.

                       TONI
         Aiotko mennä opiskelemaan lähiaikoina?

                        KAI
                  Aiotko itse?

                       TONI
          Olen ajatellut opiskella psykologiaa.

                        KAI
                   Kiehtovaa.

                       TONI
           Niin mutta vielä ei ole sen aika.

                        KAI
         Minua kiinnostaa taas vieraat kielet,
              espanja, ruotsi ja ranska.

                       TONI
                 Mielenkiintoista.

            EXT. MIKROKOSMOS. YÖ.

            INT. MIKROKOSMOS. YÖ

Kai kävelee pitkin Mikrokosmoksen
salaista käytävää. Se on pimeä ja
teräksisten seinien kuorruttama.
Hän kävelee huoneeseen joka on
täynnä räikeitä seinäkirjoituksia.
Hän katsoo suurta kelloa seinällä
ja katsoo myös televisiota.
Televisiossa tuntematon mies
sanoo hänelle: Varo! Seuraavat
päivät ovat elintärkeitä sinulle
ja läheisillesi.

INT. KAIN VUODE. YÖ

Kai herää makuuhuoneensa
vuoteesta. Hän merkitsee ylös
unensa jonka hän näki muistivihkoon.

INT. BAARI. ILTA.

Kai keskustelee Maman ja parin karhun
kanssa yhteistyöstä.

MAMA
Millaista tulevaisuutta olet
miettinyt kerhollesi?

KAI
Minulla on suuria suunnitelmia.
Mitä te haluatte kerhossa tehdä?

MAMA
Haluamme pitää kerhossa hauskaa
ja tietenkin vaikuttaa sen myötä asioihin.

KAI
Tuotte aikamoista rikkautta
ja väriä tähän kerhoon. Toki
tämä on kliseisesti sanottu.
Me aiomme heittää flyereita
pitkin Tamperetta, flyereita joissa
kritisoidaan tätä yhteiskuntaa.
Sen neuroottisuutta.
Aiomme myös järjestää
paljon tapahtumia.
Haluatteko näihin mukaan?

KARHU
Haluamme tietenkin.

KAI
Hyvä. Se sopii.
Nyt on kiireinen kausi
kerholla. Kuitenkin.

KARHU
Tietenkin. Ymmärrämme.

INT. KAIN ASUNTO. YÖ.

Kai katsoo televisiosta
Yöihmisistä kertovaa keskusteluohjelmaa.

NAINEN 1
On selvää että tämä tuntematon,
vieras ryhmä on kyseenalainen,
monella tavalla.

NAINEN 2
Minusta tämä outo kerho on
erittäin odotettu tuttavuus
suomalaiseen keskusteluilmapiiriin.

NAINEN 1
Miten voit sanoa noin?
Miten kehtaat sanoa noin?

NAINEN 2
Koska tämä kerho on
niin täynnä asiaa, niin
kauan odotettuja
pointteja tähän yhteiskunnalliseen
horrokseen joka pitää meitä
kaikkia otteessaan.

NAINEN 1
Koska yhteiskunta ei pyöri
sillä että muutama syrjäytynyt
mies perustaa jonkun ryhmän
joka vain valittaa asioista
vailla tekemättä mitään olennaista.

NAINEN 2
Täällä ei saa mistään puhua,
täällä ei saa mitään tehdä.
Pitää vain olla sopeutuja,
sopeutua tähän julmaan,
inhottavan neuroottiseen
länsimaiseen helvettiin.
Se on epäreilua.

NAINEN 1
Minusta tämä ryhmä on vain
laiskojen, motivaatiota vailla
olevien miesten mahdollisuus
pyytää huomiota maailmalta.
Todella säälittävä ryhmä.

Kuva kääntyy Kaihin joka
katsoo edelleen keskustelua.

KAIN ÄÄNI
Täydellisen hylkäyksen
ja täydellisen rakkauden rajamailla.
Tällaistahan tämä elämä on.
Jostain syystä hylkäykset voittavat.

EXT. TESOMA. YÖ.

Maria on Tesoman bussipysäkillä
keskustelemassa jenginsä kahdesta
miesjäsenestä.

MARIA
Tänään tehdään sen.
Tai minä teen sen.

Maria suutelee molempaa miestä.

MIES 1
Tee se ja tee se tehokkaasti ja
rakkaudella.

MARIA
Toivottakaa onnea.

MIES 1
Onnea, rakas Maria.

MIES 2
Onnea vaan.

System of a Downin Question
alkaa soimaan taustalla.

INT. AUTO. YÖ

System of Downin Question soi taustalla.

Maria ajaa autoaan. Hän pitelee

käsiasetta samalla oikeassa kädessään.

EXT. HERVANNAN KADUT. YÖ.

Toni, Kai, Erkki ja Mama kävelevät
pitkin Hervantaa.

MARIA
Hei, Kai!

KAI
Mitä?

Maria ampuu Kaita neljä kertaa vatsan seudulle.
Mama saa yhden osuman myös. Mama huutaa
hysteerisesti.

Pilkkopimeän yön kuva tummenee ja haalistuu.

INT. SAIRAALA. AAMU

Toni ja Erkki katsovat lintuperspektiivistä
Kaita jonka silmät aukenevat hiljalleen
vuodepotilaan sumussa.

KAI
Olen elossa.

TONI
Ja se on hyvä.

KAI
Miten Mamalle kävi?

TONI
Selvisi myös.

KAI
Missä se Maria on?

TONI
Maria on pidätetty. Soitimme poliisille.
Hoidimme sen mahdollisimman nopeasti.

KAI
Hyvä.

INT. ALIN ASUNTO. AAMU

Ali ottaa kännykkänsä käteensä.

Ja soittaa Kaille.

Heidän molempien kuvansa on
taas näytillä ruudulla. Vierekkäin.
Kai on edelleen sairaalassa.
Ali puhuu edelleen miehekkäästi.

ALI
Hei, Kai. Kuinka voit?

KAI
Hyvin. Todella hyvin.

ALI
Okei.

KAI
Miksi soitit minulle?

ALI
Koska haluan liittyä ryhmääsi.

KAI
Sinähän olet ollut hirveän masentunut.
Hirveän allapäin.

ALI
Ja olen vieläkin. Mutta haluan liittyä
ryhmääsi koska se kiinnostaa minua.

KAI
En olekaan nähnyt sinua pitkään aikaan.
On kiva tavata vanha mielenterveyskaveri.

ALI
What?

KAI
I haven't seen you for a long time.
It's good to meet an old mental health
buddy.

ALI
I feel the same way.

EXT. HERVANTA. YÖ

Kaupunginosa on elossa. Sadat miehet kävelevät öisillä kaduilla.
Kaduilla kuuluu melua. Televisiot ovat auki asunnoissa ja
parvekkeet ovat täynnä valvovia jäseniä.

INT. KAIN ASUNNON PARVEKE. YÖ.

Kai polttaa tupakkaa parvekkeellaan.
Hänen seuranaan ovat Toni, Erkki
ja Ali.

TONI
Tässä tämä on. Suuri luomuksesi.

KAI
Niin.

ERKKI
Sinuna olisin ylpeä siitä.

KAI
Niin olenkin.

TONI
Eikös sinun nyt olisi aika palata
Käpyyn?

KAI
Kyllä.

Rihannan Diamonds alkaa soimaan taustalla.

Tyhjä ruutu. Minuutin ajan Diamonds soi.

EXT. KLUBI. YÖ.

Sitten alkavat näkymään
psykedeeliset kuviot jotka ovat kankaalla
psykebileissä.

Tyhjä ruutu.

TIMO WARKAUDEN ÄÄNI
Ja niin Mikrokosmos,
Kain uni avaruusaluksesta
sai täyttymyksensä,
eli toteutuksensa.
Yöihmiset-kerhosta
tuli maailmanlaajuinen
ja lopulta NASA rahoitti
oudon hankkeen,
Mikrokosmoksen pyörimään
ympäri avaruutta.
Olin ollut, kuten Kaikin, suhteissa Yhdysvaltojen

Yöihmisiin ja vaikutusvaltaisiin
henkilöihin, niin vaikutusvaltaisiin
henkilöihin että kaikki muut kalpenivat
heidän rinnalla.

EXT. AVARUUS.

Mikrokosmos kulkee pitkin avaruutta.

INT. MIKROKOSMOS.

Se on Tampereen kokoinen avaruusalus
jossa on 200 000 eri huonetta.
Huoneet ovat erivärisiä.
Kai puhuu televisiolähettimen kautta Tampereen
naistoimittajalle joka tekee juttua Yle:lle.
Avaruusaluksessa on keinotekoinen painovoima.

NAISTOIMITTAJA
Millaista siellä Mikrokosmoksessa on?

KAI
Täällä on välillä meluisaa, välillä hiljaista.
Tunnelma vaihtuu riehakkaasti kuolemanvakavaan.
Mikrokosmoksessa on 200 000 huonetta.
Huoneita on erivärisiä, pinkkejä, punaisia,
sinisiä, vihreitä, mustia, keltaisia ja valkoisia.
Mutta puolet huoneista ovat valkoisia,
joten valkoisia huoneita on eniten.

NAISTOIMITTAJA
Koko Suomea nyt kiinnostaa se
mitä te aiotte tehdä siellä avaruudessa?

KAI
Meidän ydinporukka aikoo
tehdä filosofisen,
elämänkatsomuksellisen
matkan jokaisen planeetan
läpi. En tiedä kiinnostaako
Suomea niinikään se mitä me
teemme, mikä on lähinnä
pohdiskelua, kirjoittamista,
analysointia ja keskustelua.
Suomea lähinnä kiinnostanee
tämän Mikrokosmos-aluksen
sisäinen maailma, kaikkine
yksityiskohtineen, jotka ovat
kieltämättä erityisiä.

NAISTOIMITTAJA
Aiotteko te tai aiotko sinä,
Kai, julkaista kirjan tästä
matkasta?

KAI
Se on ehdottomasti mielen
päälläni, ehdottomasti.

NAISTOIMITTAJA
Mikrokosmoksessahan on
ihmisiä ympäri maailmaa.
Siellä on peräti 2 miljoonaa
asukasta. Se on
Tampereen kokoinen alus.
Mitä te kaikki teette siellä?

KAI
No täällä on oma teatteri jossa
teemme esityksiä, oma elokuvateatteri,
elokuva-arkisto, oleskeluhuoneita,
tenniskenttiä, squash-huoneita, heterobaari,
homobaari et cetera, et cetera. Me teemme tällaisia
asioita, sekä tietenkin älyllisiä asioita. Mutta
täällä on niin paljon ihmisiä että jokaisella
heistä on ennaltaan ajateltu tehtävä tässä
rauhanomaisessa paikassa.

NAISTOIMITTAJA
Kuulostaa mielenkiintoiselta. Jätän
sinut ja teidät nyt Mikrokosmokseen
viettämään aikaanne.

KAI
Kiitos.

INT. MIKROKOSMOKSEN KYLPYHUONE.

Kai on kylpyhuoneessa ajamassa partaansa.

INT. MIKROKOSMOKSEN LIIKUNTASALI.

Kai lähtee liikuntasaliin katsomaan
telinevoimistelun epävirallisia kisoja.

Toni, Erkki, Mama ja Ali ovat mukana
hänen kanssaan.

ERKKI
Tähän se kaikki johti.
Uskomaton temppu, Kai.

KAI
Tiedän.

MAMA
En vieläkään tiedä
mitä Mikrokosmoksen
kaikissa paikoissa tapahtuu.

KAI
Timo Warkaus on ainoa joka tietää.

MAMA
Missä hän on?

KAI
Ohjaajan huoneeessa.
Hänellä on nykyaikaisimmat
teknologiset välineet hoitaa
siellä Mikrokosmoksen asioita.
Me olemme taas täällä, meidän
tehtävä tällä viikolla on pitää hauskaa.

INT. MIKROKOSMOKSEN HOMOBAARI

Kai, Olmi, Petri, Simo ja Mama
ovat homobaarissa viettämässä aikaa.
Ulkopuolella ikkunoista näkyy
avaruus helmeilevänä ja maagisena.

KAI
Hei kaikki te. Näytätte niin
viehättäviltä.

MAMA
Niin, niin sinäkin.

KAI
Mama, sinä näytät
erittäin kauniilta
naiselta.

MAMA
Leikkaus onnistui hyvin.

MAMA (c'ntinued)
Hei, mennään vessaan, minun täytyy
kertoa sinulle jotain.

KAI
Okei.

INT. HOMOBAARIN VESSA

Vessa on maan alla. Salaisessa
lokerikossa on salkku jossa
on parituhatta tonnia käteistä.
Mama ottaa salkun lokerikosta.

MAMA
Haluan antaa nämä rahat sinulle.

KAI
En halua ottaa niitä vastaan.

MAMA
Olet sankarini. Haluan että
otat nämä vastaan.

KAI
Minä annan ne hyväntekeväisyyteen
sitten kun palaamme kotiin.

Mama antaa Kaille salkun.

KAI
(viattoman innokkaasti)
Tule, haluan näyttää sinulle jotain.

MAMA
Mihin?

KAI
Tänne.

He menevät vessan lattialla
sijaitsevasta ovesta suoraan alas päin.

INT. HENKILÖKOHTAINEN HUONE.

Henkilökohtainen huone
on musta.

KAI
Täällä on omat paikat

kaikille ihmisille.

MAMA
(koskettavan, traagisen
huomaavaisesti)
Okei.

Koskettava pianomusiikki alkaa soimaan.

KAI
Ethän sinä tiedä
mitä kaikkea täällä on.

MAMA
Niin, en tiedäkään.

KAI
Kerro mitä
haluat minulta.

MAMA
Tarvitsen rakkauden.

KAI
Okei. Mutta ei vielä.

MAMA
(viattomasti)
Okei.

KAI
Nyt odotetaan.
Emme vielä tiedä mitä on
edessä.

INT. MIKROKOSMOKSEN
ELOKUVATEATTERI.

Elokuvateatteri on tummanvihreä,
siellä on 2000 istumapaikkaa
joissa suurimmassa osassa
istuu ihmisiä.

Ulkona näkyy avaruus jälleen
helmeilevänä ja kauniina.

Noam Chomskyn Requiem for
the American Dream näkyy
ruudulla.

Kai menee projektorihuoneeseen.
Siellä on Timo Warkaus.
Timo Warkaus pyörittää
elokuvaa ja on rennon
itsevarman oloinen ja näköinen.

KAI
Hei, Timo.

TIMO
Hei. Miten olet tehnyt viime aikoina?

KAI
Olen ollut baarissa.
Mutta tärkeintä ei ole se
mitä olen tehnyt vaan se
mitä olen löytänyt itsestäni.

TIMO
Mitä olet löytänyt?

KAI
Rohkeuden.

TIMO
Ok. Minä löysin sen
jo paljon aikaisemmin.

KAI
Sinulla on paljon töitä tehtävänä.
Tulisit juhlimaan joskus meidän kanssa.
Tämä on kuin saleista koostuva Ruotsinlaiva
tämä Mikrokosmos.

TIMO
Pidän enemmän varjotöistä.
Tunnethan sinä minut?

KAI
Niin tunnen.
Niin tunnen.

INT. MIKROKOSMOKSEN MOOTTORITIEN YLLÄ.

Sähköautot ajavat pitkin
risteileviä valtateitä.

Kai katsoo korkealta, hyvin korkealta
ylhäältä autojen kulkemista.

Ruutuun tulee teksti:

Kaksi vuotta myöhemmin.

INT. MIKROKOSMOKSEN KAPTEENIN
HENKILÖKOHTAINEN HUONE.

KAI
Nyt olemme kaukana Tampereesta,
todella kaukana.

TIMO WARKAUS
Näen planeetan. Se on täynnä elämää.

KAI
Ei ole totta.

Toni, Erkki ja Mama tulevat sisään.

KAI
Katsokaa. Planeetta jossa on elämää.

ERKKI
Loistavaa.

Tyhjä ruutu. 2 minuuttia.
Mystinen musiikki soi taustalla.

KAIN RAUHALLINEN ÄÄNI
Pian alkoi sota. Kaikki puhuivat espanjaa,
Normal-nimisellä planeetalla. Meidän
ydinjoukko syventyi espanjaan kuudessa
kuukaudessa. Liaanisota. La guerra de liana.
Prikaatimme nimi oli Micro.
Meidän komppaniat olivat nimeltään
liebres, putas, pajaros, osos.
Vihollisten prikaatin nimi oli Macro.
Vihollisten puolella komppaniat nimeltään
zorros, cangrejos, leónes.
escorpiónes. He olivat tummanvihreisiin
pukuihin pukeutuneita. Meidän puoli oli
oranssiin pukuihin pukeutuneita.

Me uskoimme herkkyyteen,
sivistykseen ja asioiden järjestykseen.
he uskoivat vain sosiaaliseen
valtaan ja kaaokseen.
Sodassa oli kyse näistä
voimista. Micro
ei uskonut valtaan

samalla tavalla
kuin Macro.
Micro uskoi vallan
reiluuteen, ei sen
inhottavaan
väkivaltaan.

Syy miksi sota alkoi on se
että näimme toisemme
tunkeilijoina.

INT. MAQUINA-AVARUUSALUKSEN
KUULUSTELUHUONE. AAMU.

Maman silmät ovat siteellä suljetut.
Hänelle aletaan tekemään vesikidutusta.
He puhuvat espanjaksi.

MAMA
Lopettakaa.

RAUL
Emme pysty lopettamaan

SERGIO
Kerro minulle
missä on Micron
kapteeni? Haluan
tappaa hänet
suurella intohimolla.

MAMA
Kerron sitten kun
äitisi kuolee.

Sergio lyö Mamaa.
Ja aloittaa vesikidutuksen.

Mama huutaa. Kuva pysähtyy
tarkastelemaan seiniä.

INT. MAQUINA-
AVARUUSALUKSEN
KONEHUONE.

Vanha sotapäällikkö istuu
istuimeltaan ja nousee sitten
ylös silittäen käsiään.
Hänellä on kaksi mieskapteenia

Lopez ja Jimenez.
He puhuvat espanjaksi.

SOTAPÄÄLLIKKÖ
Haluan Kain löydetyksi.
Ja kaikki hänen alaisensa
tapetuiksi.

LOPEZ
Miten haluat hänet
tapetuksi?

SOTAPÄÄLLIKKÖ
Raaimmalla mahdollisella tavalla.

EXT. NORMAL-PLANEETAN
TAISTELUTANNER. ILTA.

Micron prikaatti komppanioineen
valmistautuu sotaan. Heitä on
peräti 2000 oransseissa puvuissaan.
Neljällä eri komppanialla on
hihoissaan eriävät nauhat
joissa lukee komppanian nimi.
Kompannioiden
sotilaat ovat järjestyneenä riveissä.

Toisella puolella planeetan
maata on Macron prikaatti.
Heillä on taas räikeät asut
joissa ei ole suuresti järjestystä.
Joiltakin taistelijoita näkyvät
mahat napoineen. He ovat
järjestyneenä riveissä.

Taivaalla lentävät
lukuisia pieniä ja suurempia
aluksia. Ilta on tumma ja
uhkaavan mystinen.

PETRI
Miten kestämme heidän
hyökkäyksen?

SIMO
Miten murramme heidän
puolustuksen?

KAI
Hei mennään nyt,

eikä mietitä.

Ensimmäinen komppania
alkaa juoksemaan
lähemmäs Macron
puolustusta.

Kai heittää kranaatin
kohti Macron tukikohtaa.

pajarosin sotilaat juoksevat kohti
cangrejosin sotilaita.

Simo ja Petri haavoittuvat.
Sotilaita kuolee nipuissa.
Molemmilta komppanioilta.

Kai, Ali, Olmi ja Hannes
piiloutuvat ränsistyneen
rakennuksen sivuun.

OLMI
Ammutaan kohti.

KAI
Ei vielä. Täytyy
katsoa missä niitä on.

HANNES
Tuolla on 30.

KAI
Okei.

He alkavat ampumaan kohti.
Kai ottaa taskustaan kranaatteja
ja alkaa heittämään niitä
sotilasjoukkoa kohti.

Pian taivaalta alukset
tulittavat kaikkia kohti.

Kai ja muut pakenevat.

Taivaalla alukset risteilevät.

Kai ja muut päätyvät yksinäiseen
holviin maan alle.

Neljä valtavan kokoista Macro-prikaatin
miestä päätyvät ampumaan haavoittuneet
maassa makaavat Simon ja Petrin.

Alkaa kaaos, sodan kaaosvaihe jossa
sotilaat ovat hämmentyneitä.

ILKKA
Mitä helvettiä me tehdään?

TONI
En tiedä. Tämä on hirveää barbarismia
tämä sota.

OLMI
Aletaan juoksemaan. Tiedän paikan
jossa on vihollisia.

Olmi, Toni, Ilkka ja Erkki alkavat juoksemaan
kauas. Kunnes vastaan tulee viidakko.
He kävelevät pitkin viidakkoa huolestuneina ja alakuloisina.
Viidakossa on käärmeitä ja tummanvihreän
väristä lehdistöä.

ERKKI
Täällä on hirveän epämiellyttävää.

TONI
Mutta se pitää nyt kestää.

He alkavat kävelemään
kohti vihollisleiriä. Matka kestää
5 minuuttia. Viidakko on eksoottisen
kaunis, täynnä esteettisiä yksityiskohtia.

Pian he kohtaavat samannäköisen,
samantyyppisen joukon. Joukolla
on aseet mutta heillä on myös silmälasit.

TONI
Ei ammuta.

ERKKI
Quienes sois?
(suom. Keitä te olette?)

JAVIER
Nosotros somos leónes.
(suom. Olemme leijonia)

ANTONIO
Nosotros somos cansados también.
(suom. Olemme väsyneitä myös)

TONI
Porque sois tan tranquilos. Quieres
matar nos?
(suom. Miksi olette niin rauhallisia.
Ettekö halua tappaa meidät?)

Antonio katsoo heitä sädehtivillä
silmillään.

ANTONIO
Porque Platón. Y Nietszche.
(suom. Koska Platon. Ja Nietzsche)

He alkavat keskustelemaan yhdessä
filosofisia.

EXT. NORMAL-PLANEETAN
SALAINEN HUONE.

Huone on täynnä julisteita ja
aseita, seksikalentereita ja armeija-asuja.
Kain yllättää naissotilas, Amanda.
Viettelevä, lihaksikas ja kiihkeän
karismaattinen, hän puhuu espanjalaisella
aksentilla.

AMANDA
Kuuluisa Kai.

KAI
Hei.

Kai ottaa käsiaseensa esiin.
Amanda ottaa omansa.
He tuijottavat toisiaan
pitkään tähdäten toisiaan
aseilla.

KAI
Mitä haluat?

AMANDA
Haluan liittyä Microon.

KAI

Olen rauhaisa ihminen.
Laske aseesi. En ammu sinua.

Amanda laskee aseensa.

AMANDA
Okei.

KAI
Olet palkkasotilas.
Etkö olekin?

AMANDA
Kyllä.

KAI
Me aiomme tarkistaa
historiasi, tiedot sinusta.
Ihan varmuuden vuoksi.

AMANDA
Okei. Mutta minulla
on yksi asia kerrottavana
sinulle.

KAI
Mikä?

AMANDA
He saivat Maman.
Hän on kuollut.

KAI
Sitä minä pelkäsinkin.

AMANDA
Pelot aineellistuvat.

KAI
Niin niillä on tapana.

EXT. NORMAL-PLANEETAN
TAISTELUTANNER. ILTA.

Kai ja Amanda ampuvat kohti
vihollisia. Viholliset alkavat
perääntymään. He ampuvat
yhteensä 50 miestä juoksien
viisi minuuttia taistelutantereella.

Pian Amanda kuitenkin
haavoittuu.

Kai yrittää nostaa hänet.
Mutta Amanda on yhä
maassa makaavana.

Yhtäkkiä kaksi cangrejosien miestä
yllättävät Kain ja sitovat hänen
suunsa teipillä.

INT. SATURNON SALAINEN HUONE. ILTA.

Kai on sidottu köysillä
tuoliin. Hänen suunsa on
teipattu.

Hän on vaikeassa psyykkisessä
tilassa. Hän näkee kaksi miestä
kuin juopunein silmin.
Miehet lähtevät pois huoneesta.

Kai pakenee huoneesta
murrettuaan itsensä
teippien ja köysien kahleista.

INT. SATURNON KOMENTOSILTA. ILTA

Kai menee komentosiltaan.
Siellä ei näy ketään.

EXT. SATURNON KEULA. ILTA.

Vanha sotapäällikkö
seisoo laivan sillalla. Kai hiipii hänen
taaksensa. Sotapäällikkö ei katso häntä
mutta tietää hänen olevan siinä.
He puhuvat espanjaksi.

SOTAPÄÄLLIKKÖ
Mitä teet täällä?

KAI
Tulin tappamaan sinut.

Kai puukottaa sotapäällikköä.
Sotapäällikkö pistää vastaan,
kuristaen Kaita. Mutta pian Kai heittää
sotapäällikön hyiseen mereen.

Tyhjä ruutu.

KAIN RAUHALLINEN ÄÄNI
Sitten alkoi haarasota,
La guerra de las piernas.
Cangrejosit ja pajarosit
yhdistyivät, samoin
kuin liebresit ja
leónet.

Mutta zorrot yhdistyivät
águilas -ja mallas-komppanoiden
kanssa. He olivat nyt yhteinen
vihollisemme.

Haarasodassa oli kyse kahden
voiman olemassaolosta.
Meidän voimamme edusti
kulttuuria ja kauneutta.
Heidän voimansa edusti
raakaa, rationaalista järkeä.

EXT. NORMAL-PLANEETTA. ILTA

Nuori, silmälasipäinen, sänkitukkainen
Marquez komentaa sotilaita espanjaksi.

MARQUEZ
Asento!

Sotilaat menevät asentoon.

MARQUEZ
Me aiomme tuhota vastapuolen
kunnolla. Me aiomme tuhota heidät
viimeiseen saakka.

EXT. NORMAL-PLANEETTA. ILTA

Kai komentaa sotilaita.

KAI
Asento!

Sotilaat menevät asentoon.

KAI
Vihollisemme on saanut tietoa

meistä. Heidän johtajansa on
Marquez-niminen mies.
Haluan että joku teistä etsii
hänet ja tappaa hänet.
Silloin pääsemme kotiin.

ERKKI
Entä jos emme löydä häntä.

KAI
Sitten olemme kusessa.

EXT. NORMAL-PLANEETTA. ILTA.

Timo Warkaus ampuu kohti
vihollisia. Ylhäältä korkealta.

Panssarit kulkevat pitkin Normal-planeetan
kaupunkia. Rakennukset ovat pääosin
ränsistyneen tuhoutuneita. Kaupungissa
vallitsee kaaos.

Kai ja Olmi ampuvat kohti
vihollista.

OLMI
Heidät täytyy tuhota.

KAI
Kyllä.

Sitten he alkavat
juoksemaan eteenpäin.
Ampuen vihollisia.

Yhtäkkiä ilmassa olevat
sotilaskoneet alkavat
ampumaan kaikkea mikä liikkuu.
Sotilaskoneessa näkyy nuori
Marquez jolla on silmälasit
ja sänkitukka.

Timo Warkaus alkaa juoksemaan
pois ylhäällä olevasta rakennuksen
kolosta.

He ampuvat Kaita joka
haavoittuu. Olmi yrittää
nostaa hänet mutta kaksi sotilasta
hakkaavat hänet. He nostavat Kain ylös.

INT. SALAINEN HUONE.

Kai lopulta tapaa suurimman
vihollisensa, mallas-komppanian
nerokkaan ja taitavan nuoren Marquezin
jolla on erikoinen paljastus koskien
häntä. Hän puhuu koomisen vittumaisella
äänellä. Kai istuu tuolissa sidottuna.

MARQUEZ
Hei, Kai. Minä olen odottanut
sinua täällä.

KAI
Miten niin?

MARQUEZ
Olen suurin vihollisesi.
Lopullinen kohtalosi.

KAI
Olet mallas-komppanian
jäsen, etkö niin?

MARQUEZ
Kyllä olen.

KAI
Mitä haluat minusta?

MARQUEZ
Et ehkä tiedäkään mutta
tunnen sinut läpikotaisin.
Sinähän et ikinä halunnut
ihmisten hallitsevan sinua.
Joten minun täytyy tappaa
sinut.

KAI
Ai jaa.

MARQUEZ
Täällä on tarvittavat aineistot
tuhotakseni sinun elämäsi.
Täällä on myös tarvittavat ainestot
tuhotakseni Tampereen. Mietipä
sitä.

KAI
Kuka sinä olet?

MARQUEZ
Muistatko kun kävit
ylä-astetta vuonna 2002?
Olin samalla luokalla.

KAI
(hämmentyneenä)
En usko sinua.

MARQUEZ
Silloin minä kävin sitä.
Tiesin jo silloin miten
heikko olit. Miten heikko
sinusta tulisi.

Kamera kuvaa Kain kasvoja.
Hän alkaa muistelemaan
ylä-aste-aikaana.

MARQUEZIN ÄÄNI
Muistatko sen kun oleilimme
luokissa ja välitunneilla
koulurakennuksissa
luokkien ulkopuolella?

INT. CLASUN KOULURAKENNUS. KESKIPÄIVÄ.

Takaumassa
Antti kulkee luokassa, huomaa
sivusilmällä nuoren Kain.
Nuori Kai huomaa sivusilmällä
nuoren Antin.

MARQUEZIN ÄÄNI
Tein luokassa teknisiä
piirroksia insinöörin uraani
varten. Mutta päädyin pian tänne,
Normal-planeetalle. Kummallisten
sattumusten kautta.

Antti piirtää huoneessa
piirroksia vihkoonsa.
Kamera kuvaa piirrettyjä
valtavia teknisiä komplekseja.

INT. SALAINEN HUONE.

                    KAI
          Olit Antti. Luokkakaverini.

                  MARQUEZ
                  Niin. Antti.
          Eikö tunnukin painajaiselta?
             Eikö tunnukin siltä että
             elämäsi on ollut pelkkää
                   painajaista?

                    KAI
                (miehekkäästi)
          Mutta ei yhtä painajaismaista
              kuin oma luonteesi.

                  MARQUEZ
              Sinun Yöihmisesi.
            Mikä säälittävä kerho.
           Olen saanut täällä aikaan
               paljon enemmän kuin
          olisit itse saanut Tampereella.

                    KAI
              En usko siihen.

                  MARQUEZ
                 Se on totta.
             Se on varmasti totta.

                    KAI
              En usko siihen.
        Mitä sinä olet muka saanut aikaan?

                  MARQUEZ
          Yöihmiset ovat pelkkä pienenpieni
          palanen osaa suurta kokonaisuutta.
           Minä luon kokonaisuuksia täällä.
         Olen luonut kokonaisen sukupolven
            huippuälykkäitä taistelijoita ja
                   ajattelijoita.

                    KAI
          Mutta millaisia ajattelijoita?
                  Fasistejako?

                  MARQUEZ
              Ei vaan älykkäämpiä
                  kuin sinä.

KAI
Kukaan ei ole älykkäämpi
kuin minä. Kukaan ei ole
myöskään älykkäämpi kuin
Timo Warkaus. Tai muut
ystäväni.

MARQUEZ
Mistä tiedät sen?

KAI
Koska se on Yöihmisten
kerhon periaate. Se että
me olemme älykkäämpiä
kuin muut. Siksi valitsen
kerhooni vain älykkäitä
miehiä.

MARQUEZ
En usko tuohon.
Mielestäni kaikki ne
jotka sinua siellä
Tampereella
pilkkasivat kun et
ollut läsnä olivat
paljon, paljon älykkäämpiä.

KAI
Se on sinun ongelmasi.
Se on sinun säälittävä
mielipiteesi.

Marquez lyö Kaita kasvoille.

Tauko.

MARQUEZ
Tiesitkö muuten että Maria
on vapautunut vankilasta?
Jos palaat Tampereelle,
hän on todennäköisesti sinua
vastassa.

KAI
Miksi tiedät tämän kaiken?

MARQUEZ
Koska minulla on tarvittavat
välineet siihen. Tiedän paljon
siitä mitä Maapallolla tapahtuu.

Ja nyt aion tappaa sinut.
Emme ehdi enää paljoa
keskustelemaan.

Marquez pitelee Kaita joka
istuu tuolilla sidottuna, pian
Marquez tappaisi Kain.

MARQUEZ
Valmistaudu kuolemaan, Kai.

KAI
(miehekkäästi)
Minulla on vielä yksi kysymys.

MARQUEZ
Mikä se on?

KAI
Tunnetko Timo Warkauden?

MARQUEZ
Tunnen.

Yhtäkkiä Timo Warkaus ilmestyy paikalle
ja ampuu Marquezin.

He lähtevät yhdessä pois huoneesta,
Kai ontuen, Timo määrätietoisesti.

KAIN ÄÄNI
Ja niin me lähdimme kohti
Tamperetta. Sodat olivat sodittu,
taistelut taisteltu. Kaikki oli
taas hyvin.

EXT. AVARUUS

Avaruus näkyy kuvassa
kun Mikrokosmos lentää sen läpi.

INT. MIKROKOSMOKSEN ELOKUVATEATTERI.

Avaruus näkyy taas helmeilevän kauniina
ikkunan takaa.

ERKKI
Me voitimme. Kiitos sinun Kai. Aikamoisen
ryhmän olit saanut aikaiseksi.

KAI
Kiitos.

TONI
Eikös jo nyt olisi aika palata Käpyyn?

Kamera katsoo Kain kasvoja.

KAI
Ehkä palaankin....ehkä palaankin.

Loppu.